NOS CONFINS DE UM LAPSO

fernando chagas duarte

URUTAU
2023

O —

editora Urutau

rua dr. manuel pacheco nobre, 128, 5 esquerdo
2830-080
barreiro (setúbal)
portugal

rua do cajú, 478
jardim das cerejeiras, 06724-015
cotia-sp
brasil

[+351] 928053619 [portugal]
[+55] 11 9 4859 2 426 [brasil]

www.editoraurutau.com
contato@editoraurutau.com.br

[EDIÇÃO]
debora ribeiro rendelli
tiago fabris rendelli
wladimir vaz
[REVISÃO]
juliana palermo
[FOTOGRAFIA DO AUTOR]
ozias filho
[IMPRESSÃO]
iverso
[ISBN]
978-65-5900-511-6

sumário

Tens na crença um farol. Nem o procuras,
(...) Buscando a luz em vão — sempre às escuras.
Eu mesmo quero a fé, e não a tenho…

CAMILO PESSANHA, "Soneto do Gelo", *Clepsidra (1920)*

Desconstrução

uma revoada de palavras simples,
guardadas
ao acaso do bolso das calças
como pedras, como vagas.
Um veleiro antigo
ou as mãos brandas do destino,
esfolemos a preceito as suas
almas danadas.

Na consciência circular do mundo

esse acréscimo à geografia das entranhas
um caminho íntimo que é construído na contramão do vento
de onde pende uma água silenciosa, a própria virtude
mais um fio de gente e ossos e outro fio
de questões repetidas

A voz que está recitando um poema

este dizer que é um lugar de afecto,
gente e deserção. Talvez devêssemos dizer
tradição ou frémito,   mas acontece
que uma língua é um lugar de sonho,
e o que dissermos será um jardim de lugares
deslumbrantes e, é bem provável, a simples
silhueta de uma feérica insurreição.

Ferocidade

o mundo, jamais maior que a noite,
faz o seu voo fingido de solidão nas palavras
de todos os povos. Curvo-me perante ti.
Um rumor baldio de vozes
num tempo que se desfaz dos ramos
e da consequência
como a trama de um tear maior.
Concebe-se a amnésia da utopia
enquanto se proclama a fé e a benevolência
— mundificam-se asseios, limpam-se navalhas
faz-se memória de um sangue que ferve
e aproximas-te como mulher na textura
da batalha, um rombo agónico desenhado
num campo de girassóis a esboçar insónias.
Enuncia-se um balbuciante enigma da terra,
ávidos pensamentos, perfeitamente lúcidos
perfeitamente insurrectos. No hemisfério
muralhado das feridas, eis o desabamento
dos homens.

Quanto num rascunho

abandono a matéria crua, mas não as promessas

— *se houvesse para mim um cemitério, seria de palavras vazias*
mais difícil que escrever é não ter
a palavra inaudita presa ao silêncio de todas as outras
depois, antes: depois, nada
a perseguição fá-la o tempo, e será a cegueira um cavalo a galope,
uma textura
e a vulnerável intimidade do verso.
um ligeiríssimo suplício.

o meu rosto, frente ao espelho
e todas as coisas são pelo menos duas,

* UM ARQUIPÉLAGO
* OUTRO ARQUIPÉLAGO
* OS SILÊNCIOS ONDE SE VIVE
* CADEIRAS VAZIAS NUM BAILE NOCTURNO
* POUCOS, OS QUE SE SENTAM COMIGO PARA CONVERSAR

A guerra, como um rio, levou-nos na sua corrente

A guerra, como um rio, levou-nos na sua corrente.
ERICH MARIA RAMARQUE, *A Oeste Nada de Novo*

Diga-se que tudo começa com um zumbido seco
ainda sem sabermos qual a exactidão que somos.
Que a guerra é um ofício terrível, indescritível
— algo que nunca deveria ter acontecido. Quem
podia devia tê-lo impedido. A guerra, esta guerra,
todas as guerras, reduzem-nos ao nível de animais,
obriga-nos a ser animais — não é ser como os bichos
mas sermos animais, de facto. Parámos de ser
humanos, e a guerra não sabe como há-de parar-nos.

Fosse um estranho dentro de casa

era a multidão de um só homem
transformada em gota, em rio
vertida em contexto.
apocalíptico estranhamento,
se assim o puder dizer,
prestes a deixar-se à solta
em direcção ao que foi belo e é,
antes de se lançar do penhasco
sobre o abismo silencioso e frio
onde se guardam todas as águas.
a imortalidade secular do desacordo
é o desacordo e está aqui, às vezes
na ansiedade, que não é só um passo
para os empreendimentos exumados
— vagas e estrelas e homens sós.
então regressa devagar a casa
como num sorriso de saudade
em tempo certo, uma coisa vasta

pois que nunca serão os meus olhos
a ler todos os livros.

Se este for um poema simples

o mais simples poema existente
será cheio de coisas mudas
como o começo do próximo Verão
ou um crepúsculo melancólico
imperturbável, ascendente
e filosofal
e será como só um grão de terra
em ouvido atento à dimensão da luz,
ao terno rumor das pessoas
com histórias por contar:
será um verso do tamanho do pó
com a direcção azul do céu.
Poema seja. E que na palavra de
um vento milenar seja poema
[o meu poema pequenino]
onde as mãos bem saibam tocar
a infinita dimensão dos dedos
mas se, enfim, for
o meu poema mais simples

muito mais saberá
das frutas doces, jovens e maduras,
de tâmaras, cônjuges, caminhos
frescos à beira das amoras
e saberá de ondas oceânicas
com amizades que levitam, porque
talvez sejam simples amizades
com infância. E saberá este poema
das antigas canções de embalar
e do movimento feliz dos pássaros
que habitam a terra ao entardecer.
E se ainda for este o poema mais
simples será modesto como o vento
e o mais simples poema estará
cheio de coisas que só são sábias
geométricas e mudas
e as palavras não serão para ler.

Serenidade urbana

sentado para um café, aguardo.
as pessoas vão ocultas nos seus medos
— *deixai a manhã da cidade entrar sozinha.*
que me contem os segundos e a conversa alheia

— *reconheço-vos a dignidade de serem homens.*

Justezas de um poeta exacto

JOSÉ ASUNCIÓN SILVA (1865-1896),
poeta colombiano.

Uma exigente réplica de José Asunción Silva,
poeta, deu ontem um tiro no coração, um dia exacto,
pontual, após ter pedido ao médico para marcar um X
(o seu coração) no rigoroso lugar que tem o corpo.
Já tudo tinha escrito, e perdeu tudo nas incorruptíveis águas
do naufrágio, quando o austero preciso *bang*!
do revólver Smith & Wesson não falhou — *não podia errar*.
Uma concreta escassez de dinheiro e o verídico epitáfio deixado
no irrepreensível jornal de Bogotá.
Eis um homem que era de exactidões.

Dobrando esquinas

as tuas longas ilhas
de imagens,
o mofo
congelado das ideias
para onde é preciso
viajar
e
uma fragilidade
sequencial
— inevitável —
a pronunciar
a fuga
de um mundo
ostracizado

morre-se
vivo,
vivo
como no princípio
do dia

E se de repente o mundo acontecesse

1

no maio de uma maresia de setembro
as palavras que se gostam
sem saber como se negar
dos lábios, dos olhos de certas pessoas

2

acima das nuvens, da invenção das sementes
uma paisagem azul de Cézanne
a caminho da extinção

3

serei a mesma parte de um homem
que se alimenta do silêncio,
quase aos braços dele

4

os animais são uma parte parecida dos homens,
como alma adormecida
essa secreta errância da ternura
que sobe pelos pulsos da existência.

Inclinação

como poderia dizer
passei a ser?

quando,
desde que penso,
[e esta não é uma
raridade excêntrica]
sempre fui
o que afinal sou.

desconheço
a cópula infernal
dos insectos,
desconheço
o impossível milagre
das rosas
[contrariado pelo tempo
regresso sempre
a velhos temas].

é que o tempo
tem o paladar do engano,
essa substância espessa
da ingratidão:
existem fragmentos
de nada,
eis a reclusão
íntima
das violentas revelações.

talvez tenha sido [e só]
um acordar mítico,
o sono dogmático
do princípio
entre
sagradas adolescências
de estuário
crescido na violência
adulta
de um torpor
que cansa, cansa

como poderia dizer
o fértil sempre?

[que nem sempre é]

Pin-up em poster

unicamente à força de idealizar
— diz a voz, diz o canto —
se de tudo sou o extravio
aguarela
interlocução
vórtice
um corpo feito de coisas como esperança

Abrigai-vos

o temporal aumentou sem pressa nem dó. Sem remédio
foi tempo de procurar abrigo entre uma porta deixada aberta
pelo último inquilino que ousou a saída, ou o último que
apressadamente entrou sacudindo antigas mazelas.
Como se pode, em tarde de tempestade invernal,
saber das incertezas do acaso?

Supremo refúgio contra tudo

música suave
de um último
coração,
com ela sonhareis

[ninguém quer
        ninguém,
enquanto
sobriamente
procura]
;
não,
não é
contradição.
é o que todos
somos

[o melhor
que existe
da solidão]

Coisas a descobrir, de cima a baixo

não, não sou de grandes exigências. Um ovo, uma crosta de terra e pão.Uma partida, a simples ida e vinda ao inferno com os braços estafados,mutilados pelo trabalho sem idade nem hora, a construção em cursoque nunca termina e as vozes sonâmbulas nascidas através de um sol da meia-noite. O sono satisfeito nos seios serenos e frescos de uma serra granítica a descer para o sul dos trigais. E um cinto de couro velhoa segurar o puído às calças e à vida, e as calças a serem presas à pele — que se deixou envelhecer e perdeu a idade própria da insónia e da inocência.As margens do rio a conversarem a nitidez das ervas puras e depois um céu vazio a encher-se da justiça das aves, ou uma pedra circuncisa e roliça que é atirada às águas pela luz viva que só há em olhares profundos de uma e outra criança.Um silêncio milenar que sabe responder-me, logo eu que não sou, nunca fui, de grandes exigências.

Íamos de carro

de um lado era um muro de pedra verdadeira
a separar o campo da nossa vida,
do outro lado ouvia-se um mar invisível
a tentar a sua própria limpidez.
Acredito que te disse, não nos separemos
do mundo vindos pela noite. Não até o dia ser
completo.
Com este dizer de silêncio inacabado
um cão trémulo cruza a estrada, esvai-se
ao querer ser apenas cão,
e eu a querer ser nem sei bem o quê.
Era cedo, disseste, ainda a escuridão nos absorvia
e a alma a deixar-se ser revolvida pelos vagares
da perturbação.
Ainda argumentei — estava a tentar ser límpido —
é este o meu corpo mais digno
pelo facto de ter sido humano além de ti.
E agora era cedo
e as palavras escasseavam, palavras são palavras,

nada mais, como tanto disseste, encostada na noite
— ou foi durante o sono especialmente.
Foram muitas as coisas em que toquei,
muitas eram as tuas coisas de sempre — o corpo,
era sempre o corpo e o delito —
outras tornaram-se no antigo pó onde dormimos
juntos. Sei mais agora de tudo,
sei a respeito dos ofícios e dos dias arquejantes
cheios de promessas — estava, outra vez,
a tentar a limpidez de tudo —
sei mais da normalidade sem voz
que existe nas coisas comuns, todas as que são feitas
de um só traço, lua, soalho, epílogos, lâmpadas
todas a respirarem casas desabitadas e mundos
ininterruptos. Sei hoje tudo o que é quase tudo,
um pouco mais do que a vaga pessoa
de espanto linear em que me transformei,
tantas foram as coisas, muitas eram as coisas
nuas em que toquei.

Porque lento caminho na ponta dos pés

muito mais que nada, quero hoje dizer
talvez uma palavra de alga, um vento uivo
onde me abrigue, reflexo erigido, inconsciente.
Um homem desesperado
estremece com a esperança de um pensamento
[*um livro sem virtudes amontoa-se no fim da casa*
fastidioso território da carne, tão árido tão lento].

E se as folhas da melancolia congelarem as marés
— penetrante diligência que as águas escondem —
ou for arrefecida a natureza prodigiosa da estima
não mais quero caminhar sobre este sentimento
de estranheza:
[*há um tempo a desprender-se de si,*
a resolver o problema que é o tempo] — e assim,
não quero hoje dizer muito mais que disse antes.

Recantos da cidade

Os rapazes que viviam no bairro onde nasceram
há muito se dispersaram por aí:
artes do mundo, acasos perdidos, roupa fechada
estendida a secar varais
que são uma esperança vaga de viver. Atingidos
na medula pelo significado humano da existência,
alguns conheciam o sentido ardente da depressão,
um havia-se proscrito na sua própria casa, dizia-se
que escrevia cartas antigas a mulheres inexistentes,
dois souberam emigrar antes de casar, outro
foi tirado às grandes massas de água,
houve quem desaparecesse numa guerra distante,
numa fábrica, o estaleiro exigente.

Tínhamos andado à escola, juntos,
unidos como dedos de um punho e promessas,
espreitando as mulheres em jardins iniciáticos
conhecíamos a rua como a noite, bramindo ao vento

impropérios, devaneios. Declamávamos maldições,
— *o bando mais novo dos pássaros secretos.*

Os rapazes que viviam no bairro onde nasceram
achavam-se agora na vergonha de terem envelhecido
— *muito depressa, tudo foi tão depressa* —
já não diziam
— *és tudo o que quero desde o momento em que te vi* —
e alguns infiltraram-se pelas ranhuras na memória difusa
das coisas, por aí desperdiçados, quebrados, desabitados
como cristais sem uso transparente — outros a ficarem
atrapalhados, se num acaso de rua se reencontram

[são sempre os piores acasos, aqueles onde o silêncio é violento]

e as esposas penduradas no braço a serem como pantufas
de olhos baços, por ser fim de semana e ficarem em casa
e a velha amizade a ficar perdida, tão perdida, repousada
sobre a inquebrantável mesa absoluta do café da tua rua
— *soubeste? fechou o ano passado ao finar-se o Artur* —
pedidas as derradeiras imperiais da madrugada, para o Rui
sempre amêndoa-amarga, um prego se fosse dia de festa,
a fecundidade da opinião. Alguém que ainda riu — *por quê?*
sabiam do impossível regresso a casa — *a casa ainda existe*?

Os rapazes que viviam no bairro onde nasceram
carregavam para todo lado o olhar de meia-idade
e, freneticamente dobrado em três, levavam o jornal
do futebol entalado entre o braço, entre o corpo e o caixão.

Só aqui não chove

na impossibilidade de amar,
o cadáver é lançado na última página
e é absolutamente a mesma indiferença
emancipada
a roçar nos olhos.
o silêncio carregado de ruído que os velhos têm
quando, emudecidos, escutam e se calam
extintos
porque são o que são
nas órbitas esbranquiçadas, no inumerável sono
dos velhos que dormem de dia.

Canto, ascendido à verticalidade do silêncio

este apetite fascinado,
o mistério ferido do silêncio imortal
este esquecimento da ternura das nebulosas
a tombar sobre a raiz imponderável da memória
nada existe que não seja carne e êxtase:
sangue, símbolos, sal — línguas maternas, auroras, verso

a cantar onde os olhos pousam, melodia a sorver chamas
sou em breve alegria o primeiro a respirar

(não compreendes a exactidão do que digo?)

sou a extinção das entrelinhas, capaz de devorar existências
sou até à imensidão do mundo

(*Londres, 20 maio 2022 — Lisboa, 20 julho 2022*)

FAZ-ME DURAR.

MESTIÇO

POR ENTRE A LUZ TODA,

IMACULADO.

não somos cisnes verdadeiramente.

Orbicular

Recomeço.
Como recomeço?,
isso pressupõe um início, regressar a si.

Em boa verdade não começou nada,
não principiei coisa alguma,
arrisco-me aliás a fazer parte do chão.
Tão parado quanto alheio,
deitado até integrar o pó.
A prestidigitação,
que é o translúcido recomeço,
sem se sair do início.
Recomeço

Impenetráveis

as palavras
estão tão gastas,
o passado é tão inútil
como as mãos do mundo

se amanhece, não mais me cheira à madressilva
que havia na infância
as pessoas parecem enigmas umas das outras

Repugnante!, disse

ouço aqueles sinos todas as manhãs
e as tulipas conversam
        a moral puritana que têm

Movimento inteiro

aí chegaremos,
ou não fosse
a palavra
um território
de liberdade
bruxuleante.

segura-me pela mão,
leva-me
leva-me vivo pelas ruas
leva-me de espada e dedo apontado
ao júbilo,
todas as criaturas. leva-me,
LEVA-ME!
entrega-me ao desafio rubro do outro
às bandeiras
despidas de sentido
desvendadas na terra,
impossíveis no céu.

Rústico

o que se ouvia era uma melodia suave,
o seu quê tinha uma alienígena entrega.
o instrumento era soprado como nuvens
em dia de Verão, estavam as puberdades
a transformar-se numa música sem nome
— nunca sei o nome das músicas, como
esqueço o dos deuses.

pelo toque do entardecer, tocava de memória

prefiro as músicas como se pagãs fossem,
talvez a dançar o Verão
como um rebanho insolente e luxuoso
e fossem asas infantis as que cruzam a noite
e talvez usasse dentro de mim os ossos
dos que já morreram.
e se fosse tudo um som pastorício, se fosse
este o campo aberto dos livros perigosos

e uma flauta de pã cortada aos caniços?

Ínsula

o desaparecimento na bruma abençoada,
a minha pátria —

sem alarido, este cão que passa
não leva pressa alguma
não uiva, não ladra, não vai a lugar algum
onde se possa salvar com mentiras

a curva da estrada é uma curva de estrada,
aquele mar não é o seu.

(*Mosteiros, São Miguel, maio 2021*)

Ínfimas sobras de um abraço desatado

vivam amigos,
todos os meus amigos
vivam flores vinho
rosas anteriores,
animais de carne, de vidro
incerto, decerto
futuras margens certeiras
rasgadas às pedrinhas
ao delírio de fábulas —
há o amor o lugar o saber
todos os amigos
entre a nossa pele do dia,
feitos de argamassa
galopes iniciáticos
sílabas em cardume
barro xisto maresia
o incontornável diálogo da terra
mansa idiótica frescura.

caminhemos enquanto formos,
sejamos então o tempo certo
se tudo é mundo
nas entrelinhas, juntos
afiadíssimos
no provável limite do silêncio
a revirar espelhos
e sobras,
entre o cheiro amariscado
da melancolia
talvez logo pela manhã,
a primeira língua a vir-se
até à furtiva cegueira da luz —
sejamos em vida
à distância de um palmo
(preto e branco, por assim dizer)
sejamos mastigando
e digerindo mitos
obscuras falas das sílabas
fácil difícil, muito pouco
arte e ofício, porções
os outros poetas
escritores
rochas de uma raiva uterina

todos,
vivam meus amigos irmãos.

e os candeeiros de casa
acendem-se
transparentemente,
beneméritos, benfeitores
enquanto sozinho
o aguaceiro devora a noite
por entre os dedos —
vivam, vivam
sopas de cavalo cansado
a envelhecer delicadezas,
ouve-se Dead Combo
e silêncios de ave
como se fosse
só eu
sem nunca ter sido sempre
como se ainda existisse ali
a névoa fúlgida de Turner,
e o rio, sempre o rio sempre o mar
místico rio de todos os povos
o respirar cardíaco de Goya
a desmanchar a absolvição —

caminhemos pois
entre planícies
que em si se leem e releem,
geografias mutações germinais
no espaço de um café,
aqui, onde te fazes e sentes solto
como fosse este o último abraço,
correntes livres
certas rugas nas veias e
perguntas descalças ao telefone
portefólios de génio
catálogos estrangulados de sonhos
(num tempo, digamos assim, que
exige a brevidade essencial às palavras)
canetas que secam na falta
do que dizer,
brancas cores
tantas cores
cores que pulsam dentro
dos amigos
queridos amigos
pássaros cavalos livres
inumeráveis
mais que o direito do sangue.

Canção dos desaparecidos

na última manhã da minha terra
pouco posso dizer que não houvera já dito,
escuto o precário murmúrio dos gerânios
a sobrepor-se à colina, às vértebras da tarde.
talvez venha a chuva entristecer o que é simples
e pouco te posso dizer — se disser pouco será.
envelhecidos, os amigos secaram
                                        os animais murcham
como antigos ajustes de conta.
acreditava que nunca ninguém morrera antes de mim
e isso era a ilusão hostil do envelhecer, sem crença.
era de facto a última manhã, uma madrugada primitiva
de onde descia de mãos vivas e o passado a ser
mentira viril
eis os enganos, desencontros além sortilégio
vazios cheios de ausência
o triunfo sobre a carne está edificado sobre esta casa,
não lembro como chamavas à felicidade
e fomos felizes em cada presente, se o que nos une

foi agora. tínhamos a floresta, os sons irrevogáveis,
a flor que nasceu sozinha, a poesia na janela aberta
onde havia o jacarandá, o vizinho
e a sua cor de campo lavrado.
não posso dizer que haja em mim vozes de desgosto
nenhum comércio de afectos a estagnar a esperança,
                                        talvez uma curva que se escreve
como um país que foge.
se o disse, disse-o pouco, pois só a ti perderei,
de mim
a amarga presença da penumbra.

Post-Jornada

não escreverei mais senão dois traços riscados
sobre a terra, um testemunho esplêndido
linhas paralelas que incessantemente se cruzam
perdido para as palavras,
na interrupção que ali existe
(sublimes palavras)
nesta saudade que tenho de uma única sombra
e direcção.
palavras que hão-de ficar na desordem
(se houvessem formariam uma só recta)
sozinho entre as substâncias alheias
devolvido como mercadoria sem prazo
ao interior do lado adormecido dos enigmas.
   (sou então a vida? pergunto-me
         — a vida não é nada disso,
         a vida devia ser a vida).

se houvesse sinais outros de luz
(por negligência provavelmente)

diante da nossa pequenez, resto de povoados antigos
rasgados entre palavras,
e era eu, naquele interior tão cheio de passado
dois traços rasgados sobre o sul único que tem a árvore
a respirar o que não se pensa ser do desejo,
por trilhos paralelos que me intersectam num acaso
(estavam as lâmpadas já despidas,
— *nuas de destino)*
e eu, a descer às águas feitas de silêncio
de pálpebras acesas, pulsos ardentes, limalha arterial
cortando a carne sobre estes reflexos,
(a saberem ser puros)
a dançar boleros
de mãos abertas
a dançar
muita manhã
pelo som híbrido das estrelas,
a guardar detalhes de tudo
o véu finíssimo do mar,
pérolas para te oferecer
vogais com sorrisos de eternidade
músicas amadurecidas
cítaras e espadas

aplaudindo os fios, as sílabas
as teias

Nesta distinta luz de pedra

[*este depois do nascer, que não conta*]

o que é quem escreve, silêncio impossível
no cio das letras
[não é só o escritor, não é só a linguagem]
quando uma parte de si deseja outro lugar
outra procedência, outra espécie inútil.
e a outra parte ser desigual de si próprio.

Alabastrino

tempo enfim de ser humano
conta-me o segredo

traído pelo branco da flor
em transparência

O último bebedor de palavras

é sempre como leitor que escrevo
ao alterar a última letra que desaparece

o peso enorme que me faz ser homem

Os olhos do gato
cor de água
encararam-me com o verbo das ilhas

o alarido que se ouve sob os pássaros
são crianças que regressam da escola.

contamos as mesmas histórias, inacabáveis
várias, mil infinitas vezes
até que se gastem todas as mortes

TALVEZ O PESO TRÉMULO, SÓ, DA INEXISTÊNCIA.

(Ponta Delgada, maio 2021)

Fernando Chagas Duarte

(Lisboa, 1964)

Geógrafo, doutor em Geografia Económica, escritor, poeta, fotógrafo amador, viajante do mundo e das particularidades. Participou na génese de algumas associações e experiências colectivas sobre património cultural e imaterial. A sua vida profissional tem estado dedicada ao sector das pescas. Mantém fortes preocupações sobre o futuro do País, sua identidade e património comum.

É autor de seis livros de poesia, dos quais se destacam *Oblíquos* (Euedito, 2017), *A hora das coisa* e *As Palavras que faltam* (Pastelaria Studios, 2016 e 2018), *O Voo da flor enquanto rosa* (Euedito, 2019), e o romance *O Fim de um lugar* (Ed. Kotter, 2022).

Com participação em cerca de duas dezenas de colectâneas poéticas e revistas literárias, encontra-se publicado na Bélgica, Brasil, Chile, Espanha e Portugal. No prelo encontram-se um livro de contos (*Liturgia das Vozes*), dois de poesia (*Certa gente a caminho do mar* e *Como oferecer um anel a Saturno*) e outro de crónicas de viajante (*Aqui sou do Mundo*).

PRIMEIRA EDIÇÃO
–VERÃO/INVERNO –
BARREIRO/COTIA
JULHO
MMXXIII